The GRIFFIN GATE

그리핀 게이트

④ 기묘한 날씨

그리핀 게이트

The GRIFFIN GATE

 기묘한 날씨

바시티 하디 **글** | 내털리 스밀리 **그림** | 김선영 **옮김**

다산
어린이

멋진 에그레몬트 초등학교

그리핀 수호자들에게

차례

끈적한 하루

그리핀 하우스 지도의 방에 온갖 공구와 장비가 어지럽게 널려 있었다.

"왓슨, 가만히 있어."

그레이스가 말했다.

로봇 까마귀 왓슨은 그레이스가 개발 중인 거미줄 총에 앉아 있었다. 더 쉽고 안전하게 범죄자들을 잡기 위해 발명한 것이었다. 문제는 그레이스가 한 달 내내 매달렸는데도 거미줄 총이 아직 거미줄을 제대로 발사하지 못한다는 점이었다.

그레이스는 얼굴을 잔뜩 찌푸리고 확대경으로 거미줄 총을 들여다보았다.

"작동이 안 되는 이유가 분명 있을 텐데."

그레이스의 이마에서 땀이 흘러내렸다. 코퍼포트 기상 관측 역사상 가장 무더운 7월이었다. 하도 더운 탓에 집중하기가 어려웠다.

그런 그레이스의 곁에서 톰이 소형 배터리를 특수 장갑 원단에 붙이고 있었다.

톰이 말했다.

"이 발열 장갑 한 짝만 다 연결하고 도울게."

그레이스는 놀란 눈으로 톰을 쳐다보았다.

"톰, 한여름에 왜 발열 장갑을 발명한 거야? 지금 바깥은 백만 도야."

톰이 대답했다.

"전부터 완성할 계획이었고, 또 계속 여름은 아닐 거

잖아. 겨울철 출동에서는 이 장갑이 아주 쓸모 있을걸."

"발열 장갑 말고 아이스크림 기계를 만드는 건 어때?"

그레이스가 말했다. 그레이스는 거미줄 총의 볼트를 풀면서 조금이라도 시원하게 수영복으로 갈아입을까 고민했다.

왓슨이 톰을 바라보며 긍정의 뜻으로 고개를 끄덕였다.

"톰 말이 맞아. 미리 준비하면 좋지."

그레이스가 말했다.

"뭐, 너는 로봇이잖아. 그래서 더위도 안 타고. 녹아내릴 것 같은 이 기분이 뭔지 모르지."

왓슨이 대꾸했다.

"그레이스, 선풍기가 일곱 대나 있는 방에서 어떻게 더위에 녹아내린다고 그래?"

"칠백 대면 더 좋을 텐데. 오늘만은 호출이 안 들어왔으면 좋겠다. 수호자 점프 슈트를 입을 생각만 해도 기절할 것 같거든."

톰이 말했다.

"내 장갑은 완성이야. 자, 네 거미줄 총은 뭐가 문제인 것 같아?"

그레이스가 드라이버로 거미줄 총을 툭 쳤다.

"이 발사 장치에 문제가 있는 것 같아."

톰이 말했다.

"아, 여길 봐. 용수철이 빠져 있어서 그래. 이걸 제자리에 걸면 분명히―"

"아하!"

그레이스는 주저 없이 용수철을 제자리에 걸었다. 핑소리와 함께 발사 장치가 풀리면서 왓슨이 방 반대편으로 날아갔다. 동시에 거미줄 한 뭉치가 뒤따랐다. 철퍼덕, 왓슨이 끈적한 거미줄을 뒤집어쓴 채 그리핀 증조할머니 초상화에 달라붙었다.

그레이스가 손으로 입을 막았다.

"이런! 왓슨, 미안해."

왓슨이 숨 막힌 목소리로 웅얼거렸다.

"귀띔 좀 해 주면 좋았을걸."

그레이스의 엄마, 앤 그리핀이 얼음을 넣은 음료수와 아이스크림을 들고 지도의 방으로 들어왔다. 그 뒤로 바짝 따라오는 건 그레이스의 오빠, 브렌이었다.

브렌이 말했다.

"으악, 정말 너무 덥다. 시원한 북쪽으로 공간 이동해서 스케이트나 타러 가면 안 돼요?"

엄마가 말했다.

"그럼 지도는 누가 지키니? 자, 우리 모두 이게 필요할 것 같은데."

엄마는 어린 수호자 세 사람에게 아이스크림을 나누어 주었다. 그런 다음 초상화에 붙어 있는 왓슨을 발견하고는 거미줄을 떼어 내 풀어 주었다.

"왓슨, 그리핀 증조할머니 초상화는 조심해야지."

"그래. 왓슨, 너 앞으로는 정말로 더 조심해야 해."

그레이스가 찡긋 윙크하며 아이스크림을 한 입 크게 베어 먹었다.

"나 참! 완전히 여우라니까."

왓슨이 깃털에서 끈적한 거미줄 가닥을 떼어 내며 말했다.

그리핀 증조할머니는 그 유명한 그리핀 지도를 발명한 장본인이다. 공간 이동 기술이 적용된 그리핀 지도는 모어랜드 사람들이 도움을 요청할 때 쓴다. 누군가 호출하면 지도 위의 수많은 전자 게이트 중 하나가 번쩍인다. 그러면 지도의 수호자인 그리핀 가족이 지도 안으로 공간 이동 해 모어랜드 어디로든 사람들을 도우러 갈 수 있는 것이다.

브렌이 말했다.

"이제 거미줄 총이 작동된다는 건 잘 알겠군."

엄마가 그리핀 지도 옆 의자에 앉고는 수첩을 들어 부채질했다.

"수호자들, 잘했어."

엄마는 지도를 쳐다보았다. 게이트 하나가 사파이어 빛깔의 파란색으로 반짝이고 있었다.

"오크웰에서 호출이 왔네."

그레이스가 두 눈을 반짝이며 물었다.

"오크웰이요?"

브렌이 말했다.

"제가 갈게요."

그레이스가 불쑥 큰 소리로 외쳤다.

"안 돼!"

톰이 놀란 눈으로 그레이스와 브렌을 돌아보았다. 그레이스도 브렌도 평소보다 훨씬 적극적인 것 같았다.

"그레이스, 너 아까 오늘은 너무 더워서 호출 못 받겠다고 하지 않았어?"

그레이스가 말했다.

"우리 둘 다 오크웰에 못 간 지 벌써 몇 년이나 됐어! 거기에는 진짜 멋진 계절 장터가 열리잖아!"

왓슨이 그레이스에게 날아오며 말했다.

"그렇고말고. 매년 열리는 오크웰 여름 장터 기간이 아마 이맘때지?"

"그럴 거야. 여름 장터에서 파는 아이스크림이 얼마나 맛있는데!"

그레이스가 신이 나서 답하자 브렌이 끼어들었다.

"너 방금 아이스크림 먹었잖아."

그레이스가 외쳤다.

"이 날씨를 버티려면 모어랜드 아이스크림을 다 먹어도 모자라거든!"

엄마가 흥분한 그레이스를 보며 말했다.

"좋아, 그럼 이번 호출은 그레이스와 톰에게 맡길게. 그렇지만 이거 하나는 분명히 하자. 오크웰에 도착하면 수호자 임무가 먼저고, 장터는 그다음이야."

"당연하죠."

그레이스가 자신 있게 답하자 엄마는 브렌을 돌아보며 말했다.

"브렌, 넌 여기 남아서 엄마를 도와주면 좋겠다."

"전 좋아요. 더워서 움직일 수도 없어요. 아니면 몰래 빠져나가서 아이스링크를 찾아가든지요! 아, 차가운 바람을 가르며 얼음 위를 미끄러지면 얼마나 좋을까."

브렌이 한숨을 쉬었다.

그레이스는 톰과 함께 지도로 달려갔다.

"그래, 오빠는 여기 남아서 스케이트 타는 상상 많이 해. 우리는 출동해서 진짜 일을 할 테니까."

그레이스가 브렌을 놀렸다.

엄마가 목청을 가다듬었다.

"흠흠, 너희 수호자 유니폼 입고 가야지."

그레이스가 불평했다.

"그렇지만 이렇게 더운데요!"

엄마가 대답했다.

"반바지에 티셔츠는 규정에 어긋나. 얼른, 우리한테
는 지켜야 할 명성이 있어. 게다가 어떤 장비가 필요할
지 모르잖아."

그레이스는 반바지와 반소매 티셔츠 위에 갈색 점프
슈트를 덧입었다. 가슴께 주머니에 달린 그리핀 게이트
로고가 황금빛으로 반짝였다. 점프 슈트의 수많은 주머
니에는 수호자 임무를 도와줄 갖가지 장비가 들어 있었
다. 새로 개발한 큼지막한 거미줄 총은 주머니에 넣을
수 없어서 따로 배낭에 담았다.

톰이 수첩과 복귀 나침반을 주머니에 챙겼다. 복귀
나침반은 손바닥만 한 기기로, 사건을 해결한 수호자들
은 복귀 나침반을 사용해 그리핀 하우스로 돌아온다.

그레이스가 지도 옆 수첩에 목적지를 빠르게 쓰자 왓
슨이 날아와 그레이스의 어깨에 앉았다. 그레이스는 톰

의 손을 잡고 지도의 북쪽에 있는 '오크웰' 게이트로 손을 뻗었다.

순식간에 그레이스와 톰, 왓슨은 번쩍이는 파란 불빛에 둘러싸였다. 마치 온 사방에서 몸을 당기는 듯한 기분을 느끼며 셋은 지도 안으로 공간 이동 했다.

2
오크웰

쿵 소리와 함께 그레이스와 톰, 왓슨이 오크웰에 도착했다.

셋은 제법 넓으면서도 오밀조밀한 어느 소도시의 광장에 서 있었다. 오래되어서 삐뚤빼뚤 기울어진 집과 상점이 주위를 둘러싸고 있었다. 대부분 나무로 지어졌고 높이가 5층 이상이었다. 광장에서 출발하는 좁은 길들 위로 철제 레일과 목제 구름다리들이 어지럽게 교차하며 공중에서 집과 상점을 연결했다. 그런데 그레이스가 전에 왔던 때와 뭔가가 사뭇 달랐다. 시내에 발목까지 눈이 쌓여 있었다!

톰이 몸을 부르르 떨었다.

"와, 이런 건 예상 못 했는데."

찬 바람이 몰아쳐 바닥에 쌓인 눈송이를 공중으로 부옇게 날렸다.

그레이스는 찬 숨을 내쉬며 주변을 둘러보았다. 시장 가판대들이 아무렇게나 버려져 있고 그 위로 눈이 두껍게 쌓여 있었다. 그레이스가 물었다.

"왓슨, 우리가 혹시 시간 이동을 한 건 아닌지 확인해 줄래? 지금 7월 맞아?"

왓슨이 톱니바퀴를 위잉 울리더니 대답했다.

"응, 아직 7월이야."

광장과 길거리 모두 그레이스가 생각했던 것에 비해 한산했다. 이맘때쯤이면 오크웰은 여름 장터에 온 사람들로 북적이는데, 몇 안 되는 주민들만 눈이 쌓인 거리를 엉금엉금 기듯이 걷고 있었다.

그레이스가 말했다.

"어떻게 이 계절에 눈이 올 수 있지? 우리가 지금 산에 있는 것도 아닌데."

톰은 어깨를 으쓱했다.

"요즘 날씨가 이상했잖아. 코퍼포트의 이상 고온 현상도 그렇고, 얼마 전 브룩 할로에 폭풍이 몰아쳤던 것도 그렇고. 잊지 않았지?"

"그걸 어떻게 잊겠어?"

그레이스가 진저리를 치며 말했다. 그레이스와 톰, 왓슨은 댐이 무너지면서 생겨난 엄청난 홍수를 피해 도망쳐야 했다.

왓슨이 고개를 끄덕였다.

"이 눈은 이례적이라고 해야겠지."

"이례적이라니, 까마귀가 쓰기엔 어려운 단어인걸."

그레이스가 왓슨을 돌아보자 왓슨이 가슴을 내밀며

말했다.

"난 보통 까마귀가 아니잖아. 게다가 나한테는 이제 코퍼포트 사전이 깔려 있어. 우리 톰 덕분에 말이야."

그렇지만 그레이스는 한여름에 내린 눈을 그냥 이상한 일로 보아 넘길 수 없었다. 이상 고온 현상은 기묘하지만 적어도 여름에 있을 수 있는 일이다. 그레이스의 경험상 그간 일어났던 일 대부분은 논리적으로 설명할 수 있었다. 머드포드 괴물 사건도 그랬고, 일리섬 퍼핀 도둑 사건도 그랬다. 하지만 눈이 내린다고?

그레이스는 주변을 둘러보았다. 유리창에 빨간 테를 두른 길쭉한 호출 박스가 광장 한쪽에 있었다. 사람들은 이 빨간 박스에서 도움을 요청하니까, 호출한 사람은 멀지 않은 곳에 있을 터였다.

거리의 상점에서 한 여자가 할머니에게 두툼한 외투를 건네고 돌아서다가 그레이스 일행을 발견했다. 여자는 빨간 부츠에 녹색 바지, 큼지막한 모직 스웨터 차림으로 부리나케 눈길을 달려왔다.

"어쩜, 수호자들이 왔네. 얼마나 다행인지!"

그레이스가 앞으로 나섰다.

"저는 그리핀 지도의 수호자 그레이스 그리핀이고, 얘는 제 동료 톰, 그리고 이쪽은 제 조수인 왓슨이에요."

"조수라니?"

왓슨이 불쑥 끼어들며 기계 날개를 활짝 펼쳤다.

그레이스가 말했다.

"알았어. 이쪽은 매우 큰 도움을 주고 굉장히 똑똑하며 참으로 존경스러운 제 동료예요."

왓슨이 만족한 듯 고개를 끄덕였다.

"좀 낫네. 그렇지만 다음번에는 좀 덜 빈정거렸으면 좋겠어."

"나는 버니 벨이라고 해. 오크웰의 시장이야."

벨 시장이 팔로 몸을 감싸며 부르르 떨었다.

"그런데 어떻게 알았니?"

그레이스가 물었다.

"뭘요?"

"어떻게 여기에 올 생각을 했냐는 거지. 오후에도 날이 개지 않으면 호출할 참이었는데, 너희가 벌써 이렇게 왔잖니. 아무래도 좋아. 우리 주민 중에 누가 호출했겠지."

그레이스는 다시 내리기 시작하는 눈송이를 보며 말

했다.

"지금 이건 정말로 보기 드문 날씨인데요."

벨 시장이 말했다.

"금방 지나갈 줄 알았는데, 점점 심해지는 것 같아."

그레이스와 톰은 각자 주머니에서 수첩을 꺼내서 받아 적을 준비를 마쳤다. 그레이스가 물었다.

"눈은 언제부터 내리기 시작했고, 눈이 내리는 원인은 뭐라고 생각하세요?"

벨 시장이 말했다.

"눈이 내리기 시작한 건 그제부터야. 계절에 안 맞게 깜짝 폭풍이 왔다 가려나 했는데, 아직도 물러가지 않고 우리 여름 장터를 망치고 있어. 멀리 떨어진 곳에서 찾아온 사람도 다들 여기 날씨를 보고 되돌아가고 있어."

그레이스는 그 말을 받아 적고 물었다.

"그렇다면 여기만 이렇게 눈이 오는 거네요?"

벨 시장이 고개를 끄덕였다.

"남쪽 언덕 지대는 아주 맑아. 북쪽이 제일 문제야. 거센 바람이 몰아닥치고 눈이 너무 많이 내려서 사람들이 고립되었다는 보고가 있어."

그레이스가 수첩을 정리하며 말했다.

"그렇다면 저희는 먼저 그쪽으로 가서 조사를 시작해야겠네요."

"고마워. 여름 장터는 한여름 대목이라, 우리 오크웰 사람들은 다들 장터에서 물건을 사고팔거든. 왜 날씨가 갑자기 이상해졌는지 알아내서 어떻게든 여름을 돌려 줘. 그 은혜는 잊지 않을게."

톰이 말했다.

"최선을 다할게요."

벨 시장이 마을의 사정을 덧붙였다.

"그럼 너희에게 맡길게. 처리해야 할 일이 너무 많거든. 보일러들은 고장 났지, 붕붕 우편망은 마비되었지. 오크웰 사람들이 붕붕 우편망을 얼마나 많이 쓰는데. 특히 이런 때는 말이야."

그레이스는 톰이 얼굴을 찌푸리는 걸 눈치채고 설명을 덧붙였다.

"오크웰 사람들은 독특한 방식으로 편지를 주고받는데, 그게 붕붕 우편망이야. 저기 위에 서로 교차하는 레일들 보이지?"

톰은 고개를 끄덕였다. 집과 상점 사이에 어지럽게 놓인 수많은 레일을 유심히 올려다보았다.

"저게 붕붕 우편망이야. 저 레일에 기계 올빼미들을 달아서 시내 건물을 연결하는 복잡한 우편망을 만들었대. 창문을 열고 올빼미 하나를 골라서 받을 사람 주소를 보여 준 다음 편지를 올빼미 발톱에 끼우면 돼. 그럼 올빼미가 출발하는 거지!"

톰이 말했다.

"아아, 들어 본 적 있어. 아주 오래전에 '모어랜드 신비한 공학 발명상' 대회에서 우승한 아이디어 아니야?"

그레이스가 놀라 물었다.

"그런 상이 진짜로 있다고?"

"못 들어 봤단 말이야?"

톰이 외려 묻자 그레이스는 어깨를 으쓱했다.

톰이 설명했다.

"우승 상금이 엄청나. 일리 보육원에 있을 때 우리도

매년 출품했어."

벨 시장이 고개를 끄덕였다.

"맞아. 붕붕 우편망은 대략 30년 전 우승작이야. 지금까지 순조롭게 운영되고 있었는데, 아마 내부의 기계 장치가 얼어 버린 것 같아."

그레이스가 말했다.

"걱정하지 마세요. 저희가 이 폭풍의 원인을 어떻게든 파악해서 오크웰을 정상 궤도로 돌려놓을게요."

벨 시장은 그레이스 일행에게 고맙다고 인사하고 총총히 자리를 떠났다.

그레이스는 광장의 한쪽 끝을 바라보았다.

"북쪽으로 가는 길은 케틀 거리야. 가자."

한여름의 눈 폭풍

"여기, 이걸 껴."

톰이 그레이스에게 장갑 한 켤레를 건넸다.

"발열 장갑을 가져왔네!"

그레이스는 톰이 장갑을 미리 생각해 둔 것에 감사하며 말했다.

"여기가 추울 줄 어떻게 알았어?"

톰이 대답했다.

"몰랐어. 그렇지만 준비를 철저히 하라고 네가 늘 말

했잖아. 그래서 출발하기 전에 주머니에 넣어 놨지. 이 게 이렇게 바로 쓰일 줄이야."

그레이스는 장갑을 끼고 손바닥을 꾹 눌렀다. 순식간에 장갑이 손가락 끝까지 따뜻해졌다.

그레이스와 톰은 케틀 거리를 느릿느릿 걸어갔다. 왓슨은 추위에 날개가 얼어붙으면 안 된다면서 날아가는 대신 그레이스의 어깨에 앉았다.

그레이스는 뿌옇게 김이 서린 상점 진열창들을 아쉬움이 가득한 눈으로 쳐다보았다. '캔디 박스', '공예의 여왕', '나만의 비즈 만들기', '월슨의 원목 공방'. 그중에서 '캔디 박스' 한 곳만 문을 열었다.

그레이스가 말했다.

"다들 따뜻한 집 안에 있나 봐."

톰도 따라서 상점을 살펴보며 답했다.

"이렇게 춥지만 않았으면 놀러 오기 정말 좋았을 텐데. 여긴 뭐든 다 있는 것 같아."

"예전에 엄마한테 들었는데 이곳 사람들은 건물을 지어서 아래층에는 가게를 열고 위층에는 가족하고 친척들이 모여 산대. 그래서 건물들이 이렇게 몇 층씩 되는 거라고 하시더라."

톰이 미소 지었다.

"그리핀 하우스와 비슷한 데가 있네."

왓슨이 설명을 덧붙였다.

"오크웰에서 건물 사이에 최초로 다리를 연결한 게 약 이백 년 전이야. 가족의 범위가 넓어지면서 사람들은 이웃사촌 간에 쉽게 오갈 방법을 찾았고, 그래서 다리를 짓기 시작했지."

멀리 상점 문 앞에 한 남자가 서 있었다. 구식 갈색 재킷에 빨간 스카프를 두른 남자는 열쇠를 만지작거리고 있었다.

그레이스가 물었다.

"무슨 일 있으세요?"

남자가 그레이스를 돌아보았다.

"가게에 들어갈 수가 없구나. 자물쇠가 얼어 버렸어. 한여름에 이런 일이!"

그레이스가 다가가며 말했다.

"저희가 도와드릴게요."

그레이스는 문 위에 걸린 간판을 힐끗 보았다. '새뮤얼 스노글로브'라고 쓰여 있었다. 그레이스는 가슴이 조금 두근거렸다. 그레이스도 그리핀 하우스에 이곳의 예쁜 스노글로브를 한 개 진열해 놓고 있었다.

위를 올려다보던 그레이스는 2층 창가에서 아래를 내려다보는 또래 여자아이와 눈이 마주쳤다. 하지만 아이는 그레이스가 미소를 짓자 휙 들어가 버렸다.

'새뮤얼 스노글로브'의 상품진열창에는 멋진 스노글로브들이 진열되어 있었다. 크기가 정말 다양해서 어떤 것은 축구공만큼 컸다. 그런데 이곳의 스노글로브는 특별했다. 유리구슬 안의 날씨가 진짜 같았기 때문이다.

흔들어야 눈이 내리는 것이 아니라 진짜 날씨처럼 구슬 안의 구름에서 눈이 내렸다.

그레이스가 집에 가지고 있는 스노글로브에도 계속해서 내리는 눈을 맞으며 춤을 추는 로봇이 들어 있었다. 어떻게 그렇게 만들었는지는 수수께끼였다. 한번 분해해 볼까 생각했지만 그랬다가 자칫 내부 장치를 망가뜨릴 것 같았다. 아니면 내부에 걸린 마법을 망치든지.

그레이스가 다녀간 뒤로 가게가 커졌는지, 지금은 눈이 오는 스노글로브 말고 다른 글로브도 팔고 있었다.

번개가 치는 것, 비가 내리는 것도 있었으며, 무지개가 떠 있는 것도 보였다. 날씨별로 온갖 글로브가 다 있었다.

그레이스가 말했다.

"우아! 가게 이름을 '세상의 모든 날씨 새뮤얼 글로브'로 바꾸셔야겠어요!"

남자가 빙그레 웃었다.

"글로브에 새로운 날씨를 넣으려고 5년을 밤낮 가리지 않고 매달렸어. 그런데 이 폭풍 때문에 글로브들을 팔 기회를 날려 버린 거야. 여기에 모든 돈과 시간을 다 쏟아부었는데."

톰이 다정하게 말했다.

"폭풍은 금방 잦아들 거예요."

그레이스가 물었다.

"제가 그 열쇠를 써 봐도 될까요?"

"그러렴."

남자는 어깨를 으쓱하고 그레이스에게 열쇠를 건넸다.

그레이스는 발열 장갑으로 열쇠를 데운 다음 신중하게 자물쇠 구멍에 끼웠다. 이리저리 돌리자 딸깍 소리가 났다.

"이제 되네요."

남자가 기뻐하며 인사했다.

"이거 정말 고맙구나! 아저씨는 새뮤얼이라고 한다.

날씨 글로브가 필요하면 무조건 우리 가게로 오렴. 이렇게 도와주었으니 고맙다는 의미에서 할인을 많이 해 줄 테니까."

그레이스는 늘 뒷주머니에 잔돈을 넣고 다니는 터라 임무를 마치면 이 가게에 꼭 다시 오리라 마음먹었다.

"꼭 올게요. 고맙습니다."

그리고 잠시 망설이다가 덧붙였다.

"그런데…… 뭐 하나 여쭤보고 싶은데, 아저씨가 지금 하시는 작업이 이 이상한 날씨와 무슨 연관이 있지는 않겠죠?"

새뮤얼은 얼굴을 찌푸리더니 고개를 저었다.

"글로브에 쓰는 기술은 그렇게까지 대단하지 않아. 규모가 아주 작은 데다 내가 잘 관리하고 있지. 글로브는 모두 특별 제작한 진공 보관함에 있거든."

그레이스는 고개를 끄덕였다.

"괜한 걸 여쭤봐서 죄송해요. 일이 그렇게 간단할 리

없겠죠!"

그레이스 일행은 새뮤얼과 작별 인사를 나누고 가던 길을 재촉했다. 어느새 케틀 거리가 끝났고, 일행이 한 걸음 옮길 때마다 눈발은 점점 굵어지고 있었다.

셋이 모퉁이를 도는데 길가에 우르릉 쾅쾅 소리가 울렸다.

"괴물이 울부짖는 것 같아!"

톰이 언제라도 그리핀 충격봉을 꺼낼 수 있도록 손을 주머니로 가져가며 외쳤다.

그레이스가 톰의 어깨에 손을 얹었다.

"그렇진 않을 거야."

그레이스는 하늘을 가리켰다.

"저기 저쪽 하늘이 갑자기 캄캄해졌잖아. 구름에서 난 소리일 거야."

톰이 말했다.

"아까 그게 천둥소리였다고? 그렇지만 지금은 눈이 오

잖아. 눈 오는 날에는 천둥이나 번개가 거의 치지 않아."

눈은 어느새 눈보라로 변해서 이제는 굵은 눈송이가 휘몰아치고 있었다. 그레이스와 톰이 머리와 옷을 털어 내기가 무섭게 눈은 더 두껍게 쌓여 갔다.

왓슨이 말했다.

"이런 현상을 어디선가 읽은 적이 있어. 드물기는 하지만 있을 수 있는 일이야. 비 대신 눈이 오는 겨울철 폭풍인 거지."

그레이스가 얼굴을 찌푸리며 말했다.

"그렇지만 지금은 한여름이잖아! 모든 게 다 너무 이상해. 가자. 날씨가 더 나빠지기 전에 북쪽으로 가야 해."

셋은 계속 걸었다. 그레이스는 몸을 오들오들 떨었다. 수호자 유니폼은 보온 기능이 있지만 이렇게 추운 날에는 역부족이었다.

톰이 추위에 이를 딱딱 부딪치며 말했다.

"이러다 우리가 눈사람이 되면 어쩌지? 그러면 누굴

도와줄 수도 없어!"

그때 왓슨이 소리를 냈다.

"흠, 음, 으, 음음."

그레이스가 말했다.

"그만 좀 웅웅거려."

왓슨이 다시 한번 소리를 냈다.

"흠, 흠!"

그레이스는 어깨에 앉은 왓슨을 돌아보았다. 왓슨의 부리가 꽁꽁 얼어붙어 있었다.

"앗! 미안해!"

그레이스는 장갑 낀 손을 왓슨의 부리에 가져다 대었다.

잠시 뒤 얼음이 녹았다.

"고맙기도 해라. 네가 언제쯤 알아차릴지 궁금했어!"

그레이스가 눈을 찡긋하며 대답했다.

"그냥 내버려둘 걸 그랬나 봐. 네가 얼어 버리지 않게 그냥 들고 가야겠어."

왓슨이 말했다.

"인간에게 들려 가다니 로봇 까마귀로서 더없이 수치스럽지만, 지금 상황에서는 꼭 필요한 일인 것 같아."

일행은 계속 북쪽을 향해 걸었다. 머리 위에서는 천둥이 쉴 새 없이 우르릉거렸다.

길거리는 기묘할 만큼 고요했다. 모두가 실내로 피해 있어서였다. 그런데 한 사람만은 예외였다. 털모자 외투를 입은 그 사람은 그레이스 일행 뒤에 있었다. 그레이스는 미행당하는 기분이었지만 모르는 체하기로 했다. 자기 집으로 돌아가는 사람일지 몰랐다.

케틀 거리를 지나 들어선 길도 끝나고 앞에 교차로가 나왔다. 북쪽으로 드문드문 서 있는 집을 지나면 그 너머는 울창한 숲이었다.

"저 숲 위쪽은 하늘이 새카만걸."

그레이스의 말이 끝나기가 무섭게 세찬 바람이 불어

와 일행의 옷자락과 머리카락을 휘날렸다.

그레이스가 서쪽을 빤히 보며 말했다.

"세상에! 저게 대체 뭐람?"

눈보라가 지나간 길

"도망쳐! 눈보라…… 눈보라 토네이도야!"

그레이스가 외쳤다. 그레이스가 본 것은 길 끝에서 이쪽을 향해 달려들고 있는 엄청난 눈 회오리였다.

톰이 말했다.

"이쪽으로! 숲에 가서 숨어야겠어!"

눈보라 토네이도는 거칠게 소용돌이치며 다가왔다. 돌풍이 창가 덧문을 쾅쾅 때리고 눈이 세차게 퍼붓고 바람이 울부짖었다.

톰이 외쳤다

"서둘러!"

그레이스와 톰, 왓슨은 길을 벗어나 숲으로 향하는 눈 덮인 벌판을 달렸다.

왓슨이 그레이스의 손에서 나와 위로 솟구쳤다.

"서둘러! 눈네이도한테 잡히겠어!"

그레이스는 뒤를 힐끗 돌아봤다. 눈 폭풍이 일행이 방금 지나온 눈밭까지 다가와 있었다. 셋은 마지막 힘을 다해서 숲으로 뛰어들었다. 나뭇가지들이 옷을 낚아채고 얼굴을 할퀴었다.

"여기로!"

그레이스가 외쳤다. 아름드리 참나무 둥치에 움푹 구멍이 나 있었다. 그레이스는 날아가는 왓슨을 낚아채고 톰을 구멍으로 밀어 넣었다. 그런 다음 톰의 옆자리를 비집고 들어가 앉았고 그 순간, 바람이 울부짖으며 셋 주위를 휩쓸었다.

나뭇가지들이 뚝뚝 부러지고 찬 바람이 셋을 향해 얼음 알갱이 총알을 퍼부었다. 셋은 눈을 질끈 감고 몸을 바짝 움츠렸다.

잠시 뒤에 바람이 그쳤다.

그레이스와 톰은 그제야 안도의 한숨을 쉬었다.

"지나갔어."

그레이스는 왓슨을 향해 고개를 절레절레 젓고는 웃음을 터뜨렸다.

"눈보라 토네이도 보고 뭐? 눈네이도?"

왓슨이 눈을 끔벅거렸다.

"뭐, 그렇게 말했나 봐."

그레이스가 놀렸다.

"그런 단어는 사전을 아무리 찾아도 없을 것 같은데!"

셋은 구멍에서 빠져나왔다. 그레이스가 하늘을 올려다보았다. 나뭇가지들 사이로 높이 떠 있는 시커먼 먹구름이 보였다.

톰이 물었다.

"저게 뭐지?"

"역시 날씨가 이렇게 이상한 데에는 분명히 이유가
있을 것 같았어."

그레이스는 하늘을 가리켰다.

"저기 숲 위쪽 보여? 저기만 어두워. 먹구름이 한 점
을 중심으로 소용돌이치는 것 같아."

톰이 말했다.

"아, 그렇네. 네가 가리키니까 이제 보인다."

왓슨이 물었다.

"저게 대체 뭘까?"

그레이스가 대답했다.

"모르겠어. 그렇지만 조사해 봐야지."

셋은 숲속으로 무거운 발걸음을 옮겼다.

톰이 말했다.

"아름드리나무도 많은걸."

왓슨이 목청을 가다듬었다.

"오크웰이라는 이름에서 '오크'는 북쪽 경계를 이루는 이 울창한 참나무(Oak, 오크) 숲에서 따온 거야. 오크웰 사람들은 예전부터 이 숲의 참나무로 집과 건물을 짓고 오크웰 명물인 다리를 놓았어."

그레이스가 물었다.

"그런 건 어떻게 아는 거야?"

톰이 말했다.

"내가 왓슨한테 사전을 설치하면서 '지리학에 따른 모어랜드 역사'도 같이 설치했어!"

그레이스는 앞으로 나섰다.

"그렇다면 서둘러, 척척박사 왓슨. 과연 우리 앞에 뭐가 나타날지 봐야겠어."

숲의 나뭇가지에는 눈이 두껍게 쌓였고 고드름에서는 물방울이 똑똑 떨어졌다. 모두 둥지나 땅굴로 피했는지 야생 동물은 한 마리도 보이지 않았다. 눈앞에 나

못가지들이 한 줄로 길게 부러져 있었다. 눈보라 토네이도가 지나간 길이었다.

왓슨이 물었다.

"우리가 지금 제 발로 위험 속으로 걸어 들어가는 건 아니겠지?"

그레이스가 말했다.

"그럴 수도 있지. 그렇지만 언제는 우리가 위험하다고 포기했나?"

우지끈, 뒤에서 나뭇가지가 부러졌다. 톰의 눈이 휘둥그레졌다.

"지금 뭐지?"

"사방이 조용해지니까 야생 동물이 한번 나와 본 것 같아."

그레이스는 뒤를 살폈지만 특별한 건 없었다.

그레이스가 말했다.

"여길 봐. 토네이도가 지나간 흔적이 여기서 끝나."

그레이스와 톰, 왓슨은 위를 올려다보았다. 눈 쌓인 가지와 얼어붙은 잎사귀들 사이로 먹구름 회오리가 보였다. 셋은 회오리 바로 아래에 서 있었다.

톰이 뭐가 뭔지 모르겠다는 듯 물었다.

"저 위에서 무슨 일이 벌어지고 있는 걸까?"

하지만 그레이스는 답하지 않은 채 숲 안쪽을 바라보고 있었다.

"저길 봐!"

일행이 서 있는 자리에서 멀지 않은 곳에 자그마한 빈터가 있었다. 그리고 그 빈터에 동그란 돌담 같은 것이 보였다. 원통형 돌담 위로 썩어 가는 나무 기둥들이 너덜너덜한 작은 지붕을 받치고 있었다. 주위로 살얼음이 낀 담쟁이넝쿨과 이끼도 늘어져 있었다.

"저건…… 우물 아니야? 사람들이 동전을 던지며 소원을 빌 것같이 생겼는데?"

그레이스는 조금 더 가까이 다가갔다. 우물 주위의

땅이 꽁꽁 얼어붙어 있었다.

"톰, 조심해. 미끄러지겠어."

그레이스와 톰은 넘어지지 않게 손을 잡고 우물로 다가섰다. 그레이스가 신기하다는 듯 말했다.

"생긴 건 틀림없이 우물이야."

돌담 가운데 위로 두레박이 달려 있었다.

왓슨이 말했다.

"아, 오크웰 이름에 웰(Well, 우물)이 들어간 게 이 숲속 우물 때문이야. 과거에는 오크웰 전체에서 물이 나는 곳이 이 우물 하나뿐이었대."

그레이스가 우물 안을 들여다보더니 아래를 향해 외쳤다.

"야호!"

메아리가 돌아왔다.

"야호, 야호, 야호……."

왓슨이 쯧쯧 혀를 찼다.

그레이스가 말했다.

"미안. 그렇지만 안 할 수 없었어!"

우물 아래서 우르릉 소리가 흘러나왔다. 오래된 돌담이 부르르 떨리고 덩달아 그레이스의 손도 흔들렸다.

다시 아래서 철컹철컹 기묘한 소리가 들렸다. 그러더니 빛 한 줄기가 일행이 있는 쪽을 향해 번쩍여 그레이스는 펄쩍 물러났다.

그레이스가 외쳤다.

"다들 조심해!"

우물에서 얼음덩어리들이 튀어나와 맹렬한 기세로 주변 나무에 부딪쳤다. 그레이스와 톰은 얼음 세례를 피해 팔로 얼굴을 가렸고 왓슨은 날갯죽지에 고개를 파묻었다.

얼음덩어리들은 갑자기 튀어나왔던 것처럼 또 금세 잠잠해졌다.

"이게 무슨 일이야?"

그레이스가 얼굴을 찌푸리고 땅에 떨어져 있는 얼음 덩어리들을 집었다. 피라미드 모양도 있고 별 모양도 있었다.

"정말 별일이네!"

왓슨이 말했다.

"집에 알려야 할 것 같은데?"

그레이스는 쯧쯧 혀를 찼다.

"이해 못 하는 일이 생길 때마다 쪼르르 집에 전화할 수는 없어. 우리는 그리핀 지도의 정식 수호자들이야. 그건 우리 스스로 문제를 해결한다는 뜻이지. 지금 문제는 저 우물에서 시작되고 있는 것 같아."

톰이 물었다.

"여기 아래에 대체 뭐가 있을까?"

그 순간 톰이 몸을 확 수그렸다. 우물에서 세찬 눈보라가 솟구쳐 나와 회오리를 그리며 하늘로 사라졌다.

그레이스는 주머니에서 손전등을 꺼내 우물 안을 다

시 신중하게 살폈다.

"너무 깊어서 아무것도 안 보여."

그레이스는 손전등의 밝기를 최대로 올렸다.

"잠깐만, 지금 뭔가 보인 것 같아. 조금만 더 들어갈 수 있으면……."

그레이스는 우물 아래로 몸을 더 깊이 숙였다. 축축한 데다 썩은 달걀 냄새 같은 악취까지 진동해서, 그레이스는 급히 몸을 일으켰다.

"휴, 냄새가 고약해! 얼음 괴물의 입냄새인가 봐."

그레이스가 빙그레 웃으며 놀라서 눈이 휘둥그레진 톰의 옆구리를 쿡 찔렀다.

"아……. 어, 그런가 봐."

톰은 어색하게 하하 웃었다.

그레이스가 말했다.

"톰, 긴장 풀어. 지난번 내가 머드포드 사건을 조사하면서 이미 증명했다고 말했지? 대부분 괴물은 사람들이

상상하는 모습이 아냐."

그레이스는 주머니에서 손수건을 꺼내 목에 단단히 맨 후 위로 올려 입을 막았다. 그런 다음 두 손으로 우물 벽을 짚었다.

"최대한 앞으로 숙여야 해. 톰, 내 다리를 잡아 줘."

톰이 그레이스의 발목을 잡자 그레이스는 그대로 몸을 푹 숙였다.

그레이스가 말했다.

"아래는 꽁꽁 얼었어. 그런데 여기 뭐가 많아……. 유리하고…… 쇠붙이하고…… 전선하고…… 톱니바퀴?"

그레이스는 눈을 가늘게 떠서 어둠 속을 살폈다.

"무슨 기계 장치 같은데."

"그만 멈춰! 조심해!"

톰도, 왓슨도 아닌 누군가가 외쳤다.

라일리

톰의 도움을 받아 우물 바깥으로 나온 그레이스는 목
소리가 들린 방향으로 돌아섰다.

톰이 나무 뒤편에서 움직이는 뭔가를 가리켰다.

"저기요?"

나무 뒤에서 누군가가 앞으로 나왔다. 털모자가 달린
외투, 허리에 공구 주머니가 달린 청바지, 큼지막한 갈색
장화 차림이었다. 쓰고 있던 털모자를 내리자 그레이스
와 톰 또래 여자아이의 얼굴이 나타났다. 고불고불하고

풍성한 검은 머리에 따뜻한 갈색 눈동자를 갖고 있었다.

그레이스가 물었다.

"우리가 도와줄 일이 있을까?"

여자아이가 대답했다.

"그렇다면 좋겠어. 하지만 먼저 설명할 게 많아."

아이가 눈이 쌓인 땅을 내려다보았다. 이마에 주름이 잡히고 어깨가 올라가는가 싶더니 한숨까지 푹 쉬었다.

그레이스와 톰의 눈길이 서로 마주쳤다.

그레이스가 물었다.

"저 우물 아래에 있는 게 뭔지 알아?"

아이는 고개를 끄덕였지만, 여전히 눈길은 발치에 쌓인 눈에 머물러 있었다.

그레이스가 덧붙였다.

"그럼 우리를 호출한 게 너야?"

"응, 그거 말고는 다른 방법이 없었어."

아이는 눈물이 그렁그렁한 눈으로 그레이스를 바라

보았다.

"제발 너희가 도울 수 있다고 해 줘. 코퍼포트의 수호자들은 뭐든지 다 해결한다고 들었어. 그래도 이건……."

아이는 말끝을 흐렸다.

왓슨이 그레이스 어깨에 날아와 앉았고 셋은 아이에게 다가갔다. 그레이스는 아이가 난처해한다는 걸 알 수 있었다. 그레이스가 말했다.

"우린 최선을 다할 거야. 애는 왓슨, 나는 그레이스, 애는 톰이야."

아이가 웃는 둥 마는 둥 웃어 보였다.

"나는 라일리야."

그레이스는 미소 지었다.

"만나서 반가워. 우리 반가운 거 맞지?"

라일리가 말문을 열었다.

"너희를 호출하고 오크웰 광장 한쪽에서 기다리고 있

없어. 그런데 벨 시장님이 나타나서는 너희한테 곧장 가시더라. 시장님이 보시는 데서 나설 수가 없어서 난 케틀 거리로 돌아갔어. 너희하고 이야기할 기회가 생길 때까지 기다리려고."

그레이스가 눈을 가늘게 찌푸렸다.

"널 봤어. 아까 '새뮤얼 스노글로브' 가게 2층 창문에서 내려다보지 않았어?"

라일리는 고개를 끄덕였다.

"케틀 거리 반대편에서 아빠가 걸어오시는 걸 보고 뒷골목으로 뛰어가서 우리 집 2층 현관으로 들어갔거든. 너희를 봤을 때 나가고 싶었지만 그땐 아빠가 계셨잖아. 무슨 일이 생겼는지 아빠가 아시는 건 싫어. 나한테 불같이 화를 내실 거야."

그레이스가 물었다.

"무슨 일이 있었는지 우리한테 말해 줄 수 있니?"

라일리가 말했다.

"어떡해야 할지 알 수 없었어. 직접 고치려고도 했는데 안 됐어. 다 나 때문에 이렇게 된 걸 누가 알아낼까 봐 너무 무서웠어!"

라일리는 흐느껴 울기 시작했다.

그레이스가 라일리를 감싸안았다.

"우리 어디 좀 앉을까? 앉아서 이야기하지 않을래?"

라일리가 고개를 끄덕이자 그레이스는 라일리를 쓰러진 나무로 데려가 앉혔다.

"뭐부터 말해야 할지 모르겠어. 너흰 내가 최악이라고 생각할 거야."

그레이스는 주머니에서 꼬마 젤리 한 봉지를 꺼냈다.

"이거부터 먹고 시작하는 게 좋을 것 같아."

라일리는 노란 젤리를 집었다.

"고마워. 그렇지만 내가 무슨 일을 저질렀는지 듣고 나면 이렇게 친절하지 못할 거야."

그레이스가 물었다.

"그래서, 우물 아래에 뭐가 있는데?"

"날씨 제조기. 다 그 날씨 제조기 때문에 이렇게 된 거야."

그레이스는 얼굴을 찌푸렸다. 날씨 제조기란 말은 처음 들어 보았다.

톰이 물었다.

"그런 게 어디서 났어?"

"너희 아빠가 만드셨어?"

그레이스는 발명에 열중하는 라일리의 아빠가 아까는 거짓말을 했고, 사실은 날씨 글로브를 너무 강력하게 만들어 버린 게 아닐까 싶었다.

라일리는 고개를 저었다.

"아니야, 그 기계는 나 혼자 만들었어."

그레이스가 눈썹을 치켜올렸다. 그 기계는 정밀하고 복잡해 보였다. 조금 전 직접 보기에도 그랬고, 기계가 가진 강력한 효과를 생각해도 그랬다.

그 순간 우물이 다시 우르릉거렸다. 모두가 우물 쪽을 돌아보았다. 쿨럭, 소리와 함께 기계가 큼지막한 번개 모양 얼음을 내뿜었다. 얼음은 근처 나무에 부딪쳐 산산조각이 났다.

모두가 움찔 놀랐다. 그레이스가 말했다.

"하마터면 맞을 뻔했네! 우물을 잘 감시해야겠어. 아무튼 라일리, 그래서?"

"원래 아빠는 늘 나와 함께 스노글로브를 만드셨는데, 어느 날 글로브에 눈 말고 다른 날씨도 넣겠다고 하시더니 그 뒤로 점점 바빠지셨어. 날씨 글로브를 만드는 데 온 마음을 쏟으시면서 눈만 뜨면 가게에 나가서 종일 글로브를 완성하는 일에 매달리셨지. 내가 몇 번이나 도와드리겠다고 했지만, 그때마다 아빠는 새로운 기술은 너무 어렵다고 하셨어. 그리고 우리 사업의 미래는 완벽한 글로브를 만드는 데 달렸으니 집중해야 한다고 하셨지."

그레이스가 물었다.

"가족은 너하고 아빠뿐이야?"

라일리는 고개를 끄덕였다.

"그래서 난 아빠의 관심을 되찾기로 했어. 놀라운 일을 하기로 말이야. 처음에는 날씨를 글로브 바깥으로 꺼내 보기로 했어. 그래서 1년 전부터 소형 날씨 폭탄을 개발하기 시작했지. 방에 들어가는 미니 벼락이나 무지개 발사기, 안개 습지 폭탄 같은 걸 만들었는데, 처음에는 규모가 작았어.

그런데 점점 아이디어들을 모아서 더 효과적인 걸 발명하고 싶어졌어. 사람들에게 주목받을 발명품을 원했어. '모어랜드 신비한 공학 발명상' 대회에서 우승할 만큼 대단한 걸 만들고 싶어진 거야. 난 아빠가 주무실 때 아빠의 연구 일지를 훔쳐봤고, 결국 작은 소도시의 날씨 정도는 마음대로 바꿀 수 있는 강력한 날씨 제조기를 발명하기로 했어. 내가 여름 장터 기간 내내 마을에

화창한 햇살을 비춰 줄 수 있다면 어떨까? 모두가 여름 내내 비가 올까 봐 안절부절 걱정하지 않도록 오크웰 전체에 무지개를 띄울 수 있다면?"

그레이스는 라일리가 왜 그런 생각을 했는지 이해했다.

"상을 타면 아빠와 조금이라도 더 함께할 수 있겠다고 생각했구나."

그레이스는 바쁜 부모님을 둔 라일리의 마음에 공감할 수 있었다. 그레이스의 엄마는 그리핀 수호자 역할에 헌신했고, 그건 그레이스와 재미있게 놀 시간이 없다는 뜻이었다. 그렇지만 그레이스는 적어도 엄마처럼 수호자였고 그 덕분에 엄마와 늘 함께하는 기분이었다. 라일리의 아빠는 자신이 라일리를 얼마나 외롭게 하는지, 라일리가 어떤 기분인지 전혀 알지 못하는 것 같았다.

라일리가 고개를 끄덕였다.

"돈이 더 생기면, 아빠도 날씨 글로브는 잠시 내려놓고 나하고 같이 여행도 가고, 모어랜드 여기저기를 구경하러 다닐 수 있을 것 같았어. 둘이 재미있게 뭔가를 만드는 게 어떤 기분이었는지 다시 생각날 수도 있을 것 같았고."

톰이 말했다.

"그런데 역효과가 난 거구나. 네가 만든 기계지만, 이제 너무 강력해져서 너도 막을 수 없어진 거야."

라일리는 고개를 끄덕였다.

"기계를 만들고 처음 몇 주 동안 숲으로 가져가서 실험했어. 난 기계가 작동하고 있는 줄도 몰랐어. 그냥 하늘을 향해 구름이나 빛줄기를 쏘는 정도인 줄 알았거든. 그런데 근처에서 날씨가 이상하다는 신고가 들어온다는 거야. 그제야 무슨 일이 벌어지고 있는지 깨달았지만, 이미 막을 방법이 없었어."

그레이스는 최근에 벌어졌던 브룩 할로의 홍수가 떠올랐다. 코퍼포트의 이상 고온 현상도 마찬가지였다.

라일리가 말했다.

"너무 큰 사고를 쳐 버렸어. 이젠 내가 어찌할 수가 없어. 며칠 전에 기계를 끄려고도 해 봤어. 그런데 기계가 얼어붙더니 이상한 겨울 날씨들이 펑펑 나오기 시작했지. 난 너무 놀라서 기계를 우물에 던져 버렸어. 아예 부서지든지, 아니면 이상한 날씨라도 그만 나오겠지 싶었거든."

그레이스가 물었다.

"내려가서 기계를 끄면 어떨까? 해 봤어?"

"응, 그렇지만 날씨 제조기가 눈보라를 쏘는 바람에 얼어 죽을 뻔했어. 그다음엔 기계에 가까이 가긴 했지만 기계가 너무 차가워서 만질 수 없었고. 그게 오늘 아침이야. 그래서 너희를 호출한 거야. 달리 기댈 데가 없었거든."

날씨 제조기

그레이스와 톰은 서로를 마주 보았다. 둘은 라일리를 도와 이 기계가 더는 모어랜드 곳곳에 말썽을 일으키지 않게 막아야 했다.

그렇지만 날씨 제조 기술은 발명한 사람도 쩔쩔맬 만큼 까다롭다. 이런 상황에서 과연 라일리를 도울 수 있을까?

왓슨이 말했다.

"엄두가 안 날 만큼 어려운 문제는 한 번에 한 단계씩,

차례차례 풀어야 해."

그레이스가 고개를 끄덕이며 말했다.

"1단계는 저 기계를 우물에서 꺼내는 거야."

그레이스는 잠시 생각에 잠기더니 아이디어를 떠올리고는 활짝 웃었다.

"내가 얼마 전에 만든 거미줄 총은 원래 범죄자를 잡는 용도지만, 다른 것도 잡을 수 있을 거야."

그레이스의 계획을 눈치챈 톰이 눈을 빛냈다.

"거미줄에 밧줄을 묶으면 돼."

그레이스가 말했다.

"그런 다음 거미줄을 우물 아래로 발사하는 거야. 내 거미줄은 첨단 기술로 만들어졌거든. 아주 끈적해서 어디든 달라붙을 거야. 기계에 붙으면 우리가 끌어 올리면 돼."

왓슨이 눈초리를 치키며 말했다.

"얼마나 끈적한지는 내가 보증하지."

라일리가 물었다.

"저기, 거미줄 총이라는 게 뭐야?"

그레이스가 말했다.

"우리의 최신 발명품인데, 엄청나게 끈적끈적한 거미줄을 발사하는 총이야. 거미줄은 무엇이든 가장 먼저 닿는 물체를 단단히 붙잡아."

그레이스는 배낭에서 거미줄 총을 꺼냈다. 일행은 먼저 거미줄 총 안으로 밧줄을 넣은 다음 끈적한 거미줄에 조심스레 묶었다.

그레이스가 말했다.

"우물 안으로 몸을 많이 숙여야 정확히 조준할 수 있겠어. 왓슨, 네가 우물 벽에 앉아서 부리로 손전등을 물고 있어 줘. 우물 안이 보이게."

그레이스는 톰과 라일리에게 두 다리를 맡긴 채 우물 안으로 몸을 숙였다.

"왓슨, 다시 생각해 보니까 이게 낫겠다. 주머니에서

내 그리핀 충격봉을 꺼낼 수 있겠어? 그걸 켜서 아래를 비춰 줄래?"

왓슨이 부리로 그레이스의 주머니에서 충격봉을 꺼낸 다음 우물 안을 비췄다.

그레이스가 말했다.

"훨씬 나아. 아까보다 잘 보여. 우아, 라일리! 네가 만든 기계 진짜 대단하다!"

우물이 덜덜덜 흔들리기 시작했다.

톰이 재촉했다.

"빨리해! 날씨 제조기가 또 뭘 발사하려나 봐!"

날씨 제조기가 위잉 울리더니 내부에서 눈부신 하얀 빛이 새 나왔다. 그레이스는 거미줄 총을 조준했다.

"최대 출력으로!"

목표물을 조준한 그레이스가 발사 장치를 눌렀다. 발사의 반동으로 하마터면 거미줄 총을 놓치고 굴러떨어질 뻔했지만, 벽에 간신히 매달렸다. 톰과 라일리가 그

런 그레이스의 두 다리를 단단히 붙
잡고 있었다.

날씨 제조기는 당장이라도 날씨를
발사할 기세였지만, 날아간 거미줄이
'착!' 기계에 포위망을 쳤다.

그레이스가 말했다.

"됐다! 이제 잡혔어. 뭔지 몰라도
기계가 뱉어 내리던 날씨도 붙잡은
것 같고. 이제 끌어 올려 줘."

날씨 제조기는 컥컥 식식 요란한
소리를 낼 뿐, 눈보라나 얼음 세례 같
은 건 쏟아 내지 않았다.

그레이스와 톰, 라일리는 날씨 제
조기를 우물 입구까지 끌어 올린 다
음 조심스럽게 바깥에 내려놓고 기계
주변에 모였다.

눈이 내려서 진작에 쌀쌀해진 숲이었지만, 날씨 제조기 곁에 서자 북극에 온 것 같았다.

그레이스가 말했다.

"라일리, 네가 이걸 못 만질 만도 하다."

그레이스는 거미줄 아래로 보이는 날씨 제조기가 스노글로브와 똑 닮았다고 생각했다. 그렇지만 투명한 유리구슬 안에 각종 톱니바퀴와 기계 장치가 잔뜩 설치되었다는 점이 달랐다. 한쪽에 커다란 배출구도 달렸고, 버튼이며 레버도 아주 많았다.

왓슨이 말했다.

"1단계 완료. 날씨 제조기를 우물에서 꺼냈어."

톰이 물었다.

"이제 어쩌지?"

그레이스는 얼굴을 찌푸리고 궁리했지만 상황이 그 어느 때보다 심각했다. 스스로 해결하고 싶은 마음이야 굴뚝같았지만 도와 달라고 하는 수밖에 없었다. 그레이스가 말했다.

"집에 연락한 다음 그리핀 하우스로 가져가서 조사해야겠지?"

왓슨이 날개를 퍼덕였다.

"그레이스가 도와 달라고 하는 날을 보게 될 줄이야!"

그레이스가 말했다.

"너랑 닮아 가나 봐."

왓슨이 윙크했다.

"드디어 말이지!"

"디지컴으로 지금 연락할게."

그레이스는 주머니에서 버튼이 달린 작은 기기를 꺼내 클릭했다.

디지컴에서 엄마 목소리가 흘러나왔다.

"여보세요. 그레이스, 너니?"

그레이스가 서둘러 답했다.

"네, 엄마."

"다 무사하지? 오크웰 호출은 무슨 일이었어?"

"저흰 다 무사한데, 좀 도와주셨으면 좋겠어요."

그레이스는 이상한 날씨와 이상한 날씨 제조기를 설명했다.

엄마가 말했다.

"흠, 들어 보니 어려운 기술이 쓰인 것 같구나. 그리핀 하우스는 다행히 최고 수준의 실험 장비를 갖추고 있지. 혹시 그 기계를 오크웰 게이트까지 가져갈 수 있겠니? 그렇게 성능이 강력한 기계를 운반하려면 빨간 박스의 전력이 추가로 필요해. 거기까지 운반만 하면 너희가 복귀 나침반을 써서 그리핀 하우스로 공간 이동 하면 될 거야."

그레이스가 말했다.

"가능할 거예요. 날씨 제조기를 거미줄 총으로 꺼냈는데, 지금 보기에는 거미줄이 안에 잘 걸려 있는 것 같아요. 그러니까 이대로 끌고 시내로 돌아갈게요. 눈이 쌓여 있어서 썰매처럼 끌면 돼요."

톰이 물었다.

"그런데 기계를 가져갔다가 자칫 코퍼포트의 날씨를 더 이상하게 만들면 어떡하죠?"

디지컴 안에서 브렌이 외쳤다.

"눈이 오면 이 더위라도 좀 가시겠지!"

엄마가 말했다.

"장비를 준비해 둘게. 서두르렴. 조심하고."

다시 게이트로

머리 위로 먹구름이 소용돌이치는 가운데, 그레이스 일행은 날씨 제조기를 끌고 눈 덮인 숲을 지났다. 숲이 안전지대였음을 깨달은 것은 숲에서 나와 벌판으로 들어서고부터였다. 얼음처럼 차가운 바람과 멈출 줄 모르는 강력한 눈보라가 마을에 거세게 몰아치고 있었다.

그레이스와 톰, 라일리와 왓슨은 날씨 제조기를 끌고 무릎까지 쌓인 하얀 눈을 헤치며 오크웰 광장으로 되돌아갔다.

날씨 탓에 거리에는 사람이 없었는데, 라일리는 거리가 텅 비어 있다는 점에 안심하는 것 같았다. 그런데도 라일리는 케틀 거리 말고 다른 길로 가자고 했다. 가게 창문을 통해 아빠한테 들킬 위험을 무릅쓰고 싶지 않아서였다.

광장을 눈앞에 두고 날씨 제조기가 우르릉거리기 시작했다.

그레이스가 말했다.

"또 뭘 내뿜으려고 해. 빨리 그리핀 하우스로 돌아가야겠어."

광장 한쪽에 빨간 호출 박스가 보였다.

그레이스가 모두를 돌아보며 설명을 이어갔다.

"우리가 모두 서로에게 닿은 채로 밧줄도 잡고 있을 때 내가 복귀 나침반을 눌러야 해. 자, 모두 호출 박스에 붙어 서. 아까 엄마가 우리하고 이 날씨 제조기가 같이 공간 이동 하려면 호출 박스의 힘이 필요하다고 하셨잖

아. 라일리, 우리랑 같이 가는 거 괜찮지?"

라일리가 대답했다.

"너희를 찾아 나설 때 친구네 집에 간다고 쪽지 남겼으니까 아빠는 걱정 안 하실 거야. 정말 죄송하지만, 이게 다 내 잘못이라는 걸 알면서도 아무렇지 않게 아빠를 보진 못하겠어."

날씨 제조기가 식식거리며 몸을 떨었다.

그레이스가 말했다.

"지금 공간 이동 해야 해. 톰, 라일리, 날 꼭 잡아."

그레이스는 다시 한번 밧줄을 단단히 붙잡고 왓슨이 어깨에 잘 자리 잡았는지 한 번 더 확인한 뒤 복귀 나침반을 열었다.

"처음에는 느낌이 좀 이상할 거야. 온 사방에서 잡아당기는 것 같겠지만 눈 깜짝할 사이에 도착해."

그레이스는 안심하라는 듯이 라일리를 향해 웃어 보이고는 나침반의 버튼을 눌렀다.

눈부시게 번쩍이는 파란빛에 둘러싸이며 모두의 몸이 요동쳤다. 그리고, 세상의 모든 날씨가 동시에 폭발했다. 눈이 오고, 천둥 번개가 치면서, 무지개가 뜨고, 비가 내리면서, 진눈깨비가 날리는 동시에 바람이 세차게 울부짖으며 햇살이 반짝였다.

쿵, 넷은 어딘가에 착지했다.

또다시 오크웰 광장이었다.

그레이스가 주위를 둘러보며 말했다.

"어떻게 된 거지?"

왓슨이 깃털을 곤두세웠다.

"내 측정치가 다 뒤죽박죽이야. 뭔가 잘못됐어."

톰이 소리쳤다.

"호출 박스 입구를 봐!"

입구에서 파란 불빛이 피식거리며 스파크가 튀고 있었다.

라일리가 물었다.

"원래 저러는 거야?"

그레이스가 서둘러 답했다.

"절대로 아니야. 그리고 톰, 네 머릴 봐. 정전기가 일어나서 다 곤두섰어!"

그레이스는 황급히 디지컴을 꺼내서 버튼을 누르고, 전화가 걸리기를 간절히 기도했다.

"엄마, 제 목소리 들리세요? 오크웰 게이트에 문제가 생겼어요."

엄마가 대답했다.

"그레이스, 엄마야. 엄마가 지금 이쪽 측정치들을 판독 중인데, 오크웰 게이트가 닫혔어. 너희 다 무사하니?"

"저희는 괜찮아요. 그냥 좀 흔들렸어요. 이 날씨 제조기 때문일 거예요."

엄마가 말했다.

"너희가 괜찮은 거 확인했으니까, 엄마가 여기서 브

렌과 최대한 빨리 오크웰 게이트를 다시 열게. 그 기계를 여기로 가지고 오는 것은 너무 위험할 것 같으니, 우리가 곧 그쪽으로 공간 이동 해서 도와줄게. 조금만 더 버틸 수 있겠어?"

그레이스는 기계를 힐끗 보았다. 당장이라도 폭발할 것처럼 부르르 떨고 있었다.

"네."

그레이스는 최대한 진심처럼 들리도록, 그래서 엄마가 걱정하지 않도록 대답했다.

"게이트가 다시 열리면 연락해 주세요."

그레이스가 버튼에서 손을 떼 연결을 끊었다. 그리고 당황한 눈으로 쳐다보고 있는 톰과 라일리에게 말했다.

"이제 난 뭘 하지?"

왓슨이 목청을 가다듬었다.

"그레이스 그리핀, 무슨 일이 생기면 큰일 났다고 내가 제일 먼저 말하잖아? 그렇지만……."

그레이스가 말했다.

"그렇지만?"

"네가 훈련을 마치고 정식 수호자가 된 뒤로, 난 네가 스스로를 증명하는 모습을 몇 번이나 봤어. 넌 단호하고, 용감하며, 상당히 현명하기까지 해."

그레이스가 미소 지었다.

"고마워. 네가 하기는 힘든 말 같은데."

왓슨은 고개를 삐딱하게 기울이며 부리만 작게 벌려 웃고는 말을 이었다.

"대부분 현명하고말고. 그렇지만……."

"설마 '그렇지만'이 지금도 튀어나올 줄이야."

그레이스의 탄식에 아랑곳 않고 왓슨이 말했다.

"그렇지만 이번에는 네가 놓치고 있는 게 하나 있어."

그레이스가 윙크했다.

"왓슨, 부디 날 일깨워 줘. 물론 너무 그러고 싶은 거 알아."

"사람들은 힘을 합칠 때 최고의 능력을 발휘해. 넌 좋은 생각을 떠올리고 논리적으로 생각하는 걸 잘해. 과학 기술이라면 톰이 최고지. 그리고 우리에겐, 야망이 너무 큰 게 흠이지만 어쨌든 천재적 두뇌를 가진 라일리가 있어. 나는 너희 셋이 힘을 합치면 이번 일을 해결할 수 있다고 진심으로 믿어."

그레이스는 가슴이 따뜻해졌다. 왓슨은 가끔 잔소리가 심하긴 해도 사실은 정말 좋은 친구이다.

"그리고 우리에게는 늘 길잡이가 되어 주는 네가 있지."

그레이스가 말하며 왓슨을 꼭 안았다.

왓슨이 뿌듯한 목소리로 외쳤다.

"뭐, 이렇게 감동할 것까지야!"

톰이 미소 지으며 말했다.

"왓슨 말이 맞아. 너희 엄마랑 브렌 형이 도와준다면 정말 좋았겠지만, 우리 넷이 지금 여기 있잖아. 머리를 모으면 우린 언제나 방법을 찾을 수 있어."

그레이스는 일어나서 눈 위를 서성거리기 시작했다.

"자, 이 날씨 제조기를 수리할 순 없어. 손을 댔다간 우리도 꽁꽁 얼어 버릴 테니까. 우린 한 걸음 물러서서 논리적으로 생각해야 해. 이 기계는 에너지원이 뭐야?"

라일리가 말했다.

"내부에 마이크로파워 슈퍼 텐 배터리가 있어."

톰이 고개를 끄덕였다.

"그 배터리 알아. 우리도 퍼핀 로봇에 그걸 썼어. 크기가 작은 데다 충전을 안 해도 몇 주나 가니까. 그래서 이 날씨 제조기도 아직 저절로 꺼지지 않는 거야. 하지만 배터리를 빼서 전력을 끊으면 기계는 꺼질 거야. 나도 퍼핀들이 제대로 작동하지 않으면 배터리를 빼 버렸어. 그럼 결국 같은 얘긴데, 무슨 수로 배터리에 손을 대지?"

그레이스가 말했다.

"또 한 번 논리적으로 따져 보면, 우린 기계에 손대지 않고 기계를 끌 방법을 찾아야 해. 그게 아니면 기계가 차가운 날씨를 뿜지 못하게 하거나."

라일리는 얼굴을 찌푸렸다.

"둘 다 불가능할 것 같은데."

"필요한 공구만 있으면 가능해."

그레이스의 머릿속에 또 다른 좋은 생각이 모습을 갖추기 시작했다.

"필요한 폭탄이 있든지."

8

날씨에는 날씨

그레이스가 활짝 웃었다.

"눈에는 눈, 이에는 이, 날씨에는 날씨."

왓슨의 머릿속 톱니바퀴들이 위잉 돌아갔다.

"그레이스, 무슨 생각이야?"

"날씨 제조기에 혼란을 일으켜서 겨울 모드를 중지 시키자. 그럼 기계가 잠깐은 겨울 날씨를 뿜지 않을 거고 우리는 그 틈에 가까이 가서 배터리를 빼는 거지."

톰은 찬찬히 생각하며 고개를 끄덕였다.

"무슨 말인지 알겠어. 하지만 날씨 제조기가 제대로 작동하지 않게 하려면 기계가 한 대 더 있어야 하는 거 아냐?"

"아니면 작은 날씨 조각이 있어도 되지."

그레이스가 바라보자 라일리의 얼굴이 환해졌다.

"그거야!"

라일리가 소리쳤다.

"예전에 소형 날씨 폭탄을 만들었다고 했지?"

드디어 해결책을 찾았다는 예감에 그레이스는 기분이 짜릿했다.

라일리가 눈을 빛내더니 설명을 이어갔다.

"날씨 배출 모드의 판단력을 흐릴 방법이 있어! 안개 폭탄이 어떨까? 폭탄을 날씨 제조기 주위에 터뜨리면 안개가 한동안 자욱하게 낄 테니 기계가 혼란을 일으킬 거야. 그때 우리가 다가가 배터리를 빼면 돼."

그레이스가 기대감에 부푼 표정으로 물었다.

"혹시 안개 폭탄을 가지고 다니지는 않지?"

"응, 그렇지만 집에 몰래 다녀오면 돼. 아빠는 지금 가게에서 일하고 계실 거야. 늘 그러시니까."

라일리의 목소리가 점점 가라앉았다.

그레이스가 라일리의 팔을 다독였다.

"이것부터 해결하고 나서, 너와 아빠 문제도 어떻게든 같이 해결하자."

라일리는 짧게 웃어 보이고 서둘러 집으로 출발했다.

그레이스가 라일리의 등에 대고 외쳤다.

"혹시 있으면 보안경하고 드라이버도 챙겨 와!"

라일리는 공구 허리띠를 톡톡 치며 대답했다.

"알았어!"

눈보라가 마을을 둘러싸고 계속 회오리쳤다. 바람이 거리를 휩쓸었다.

"그래도 사람들은 따뜻한 집 안에 있으니까 다행이야."

그레이스는 오들오들 떨었다. 움직이지 않고 가만히 있으니까 추위가 다시 느껴졌다. 그레이스의 뼛속까지 냉기가 스며들었다.

톰이 말했다.

"그 더위로 다시 돌아가고 싶을 줄이야!"

그레이스가 말했다.

"계속 움직여서 열을 내자. 필요한 공구들이 다 있는지도 확인해야지. 다용도 칼 가지고 있지?"

톰이 주머니에서 칼을 꺼냈다.

"있어."

그레이스가 말했다.

"손전등은?"

"있고."

"보안경은?"

"있고."

"그리핀 충격봉은? 왓슨이 잔소리를 너무 심하게 할

수도 있으니까?"

왓슨이 까악 외쳤다.

"그게 무슨 소리야!"

그레이스가 놀렸다.

"네가 또 얼었나 한번 시험해 봤어."

왓슨이 대꾸했다.

"내부 온도 조절 장치를 최대로 가동했다고. 모든 부품이 정상 작동 중이야."

얼마 지나지 않아서 라일리가 돌아왔다.

"자, 혹시 몰라서 안개 폭탄을 여러 개 가져왔어."

라일리가 탁구공만 한 회색 공 세 개를 내밀었다.

그레이스가 폭탄을 들여다보며 물었다.

"어떻게 쓰는 거야?"

라일리가 설명했다.

"딱딱한 데다 던지면 터지게 되어 있어."

"광장이 전부 눈으로 덮여 있어서 쉽지 않겠는걸."

톰의 얼굴에 걱정이 서리자 라일리가 제안했다.

"그럼 날씨 제조기에 직접 던지자. 그다음엔 잘되길 빌어야지."

그레이스가 왓슨을 슬쩍 보며 말했다.

"위에서 떨어뜨리면 제일 좋을 것 같은데."

"내가 하지."

왓슨이 날개를 펄럭여 회색 폭탄을 한 개 쥐고 하늘을 향해 세차게 휘돌며 치솟았다.

라일리가 걱정스러운 듯 물었다.

"왓슨이 제대로 떨어뜨릴 수 있을까?"

"왓슨의 최첨단 시야에는 정밀 조준경이 달렸어."

그레이스가 빙긋 웃었다.

"그래서 훈련에서 왓슨을 이기기가 짜증 날 정도로 어렵지."

왓슨은 쏟아지는 눈을 뚫고 까만 다트 화살처럼 날아올랐다.

"폭탄 투하!"

크게 외친 왓슨이 회색 폭탄을 떨어뜨렸다. 폭탄은 기계 한가운데를 정통으로 때리고 회색 안개를 품은 먹구름을 내뿜으며 폭발했다. 기계가 위잉 울었지만, 그 소리는 짙은 회색 안개가 퍼져 나가면서 천천히 잦아들다가 사라졌다.

라일리가 소리쳤다.

"성공이야!"

그레이스가 말했다.

"모두 보안경 착용해. 가자!"

셋은 짙은 안개 속으로 들어갔다.

다 함께

회색 안개 탓에 앞이 잘 보이지 않아 보안경을 쓸 수밖에 없었다. 그레이스, 톰, 라일리는 날씨 제조기 주위를 에워싸고 허리를 숙여 기계를 살폈다.

라일리가 손을 떨었다.

"만약 우리가 못 고치면 어떡하지? 고치다가 잘못되면?"

그레이스가 라일리를 보며 말했다.

"지금까지의 경험상, 우리는 한 팀으로 힘을 합칠 때

일을 끝내주게 해치울 수 있었어."

톰이 맞는 말이라는 듯 고개를 끄덕였다.

그레이스가 말했다.

"그리고 라일리, 넌 지금 우리와 한 팀이야. 그리핀 지도의 수호자는 절대로 포기하지 않아."

세 사람은 분해 작업을 시작했다.

라일리가 말했다.

"우리가 열어야 하는 건전지 칸은 유리 돔 아래에 있어."

톰이 말했다.

"이걸 뒤집어서 아래가 위로 오게 하자."

날씨 제조기가 더는 차갑지 않아서 거미줄을 떼어 내기 어렵지 않았다. 세 사람은 신중하게 날씨 제조기를 뒤집었다.

라일리가 아래 칸의 나사를 풀기 시작했다.

"여기에 주요 배선과 프로그램이 있어. 열려면 시간

이 좀 걸릴 거야. 튼튼하게 만들고 싶어서 나사를 스무 개나 박았거든."

그레이스가 바로 점프 슈트 주머니에서 초소형 드라이버를 꺼냈다.

"다 같이 하자."

세 사람은 나사를 다 풀고 칸의 덮개를 열었다. 은색 배터리가 드러났다.

라일리가 배터리를 잡아당겨 보았다.

"꽉 껴서 안 나와."

그레이스는 얼굴을 찌푸렸다.

"끝이 납작한 드라이버를 지렛대처럼 배터리 아래에 끼워서 들어 올려 봐."

라일리가 공구 허리띠에서 드라이버를 꺼내 그레이스 말대로 해 보았다.

"소용없어. 꿈쩍도 안 해!"

톰이 말했다.

"안개가 걷히고 있어. 폭탄 효과가 다 되어 가나 봐!"

날씨 제조기가 나지막이 우르릉거렸다. 셋은 서로를 쳐다보았다.

그레이스는 안개가 걷히는 순간 날씨 제조기가 세상의 온갖 날씨를 뿜어내리란 걸 알 수 있었다. 그것도 최대 출력으로 말이다. 큰물을 댐으로 막고 있었는데 댐이 갑자기 터지는 셈이었다. 서로를 쳐다보는 눈에 걱정이 가득했다.

그레이스가 외쳤다.

"왓슨, 안개 폭탄을 한 개 더 터뜨려!"

날씨 제조기가 거세게 진저리 쳤다.

라일리가 외쳤다.

"시간이 없어. 곧 제조기가 날씨를 내뿜을 거야!"

배터리를 제거해야 했다. 당장.

왓슨은 모두가 다 함께 힘을 합칠 때 최고의 능력을 발휘한다고 했다. 왓슨의 말이 옳았다.

그레이스가 말했다.

"모두 드라이버를 배터리 아래에 끼워. 왓슨, 넌 부리를 끼우고. 마지막으로 한 번 더 해 보자. 다 함께!"

그레이스와 톰, 라일리는 각자 드라이버를 배터리 아래에 끼웠다. 왓슨도 야무지게 자리 잡고 배터리 아래에 용케 부리를 끼워 지렛대로 삼을 준비를 마쳤다.

그레이스가 외쳤다.

"셋에 들자! 하나, 둘, 셋!"

모두가 배터리를 힘껏 들어 올렸다. 퉁 소리와 함께 배터리가 빠져 공중을 빙글빙글 돈 다음 둔탁한 소리를 내며 눈밭에 착지했다.

거세게 들썩이던 기계가 순식간에 잠잠해지더니 잠시 식식거렸다. 모두 숨을 죽였다.

그리고 달가닥, 기묘한 소리가 들렸다.

날씨 제조기의 배출구에서 자그마한 얼음 조각 하나가 힘없이 굴러떨어졌다. 그리고 제조기는 쥐 죽은 듯 고요해졌다.

"우리가 해냈어!"

그레이스가 얼음을 주웠다.

"누구 아이스 레모네이드 마실 사람?"

모두 웃으며 서로를 껴안고 환호했다. 고개를 들어 올려다본 하늘에 먹구름이 슬금슬금 흩어지고 있었다. 맑고 파란 하늘이 조금씩 모습을 드러내면서 오크웰 시내에 햇살이 눈부시게 쏟아졌다. 얼음이 녹기 시작한 다리와 레일 끝에서 물방울이 떨어졌고, 어룽어룽한 햇빛이 그레이스와 톰, 라일리에게 드리웠다. 셋은 눈이 녹아 질척거리는 바닥에 벌러덩 뻗었다. 옷이 엉망으로 젖는 것쯤은 아무렇지도 않았다.

톰이 말했다.

"난 기진맥진이야."

"나도!"

그레이스와 라일리가 동시에 말했다.

왓슨이 끼어들었다.

"나도야!"

"그렇지만 넌 로봇이잖아. 잠도 안 자도 되면서!"

그레이스의 말에 모두가 웃었다. 왓슨까지도 웃고 있었다.

10
궤도 복귀

천천히 숨을 가다듬고 나서야 그레이스와 톰, 라일리
는 흥분을 가라앉혔다.

눈보라가 물러가고 해가 다시 난다는 걸 사람들이 깨
달으면서 거리의 창과 문이 하나둘 열리기 시작했다.

라일리가 일어나 앉았다.

"아빠한테 뭐라고 설명하지?"

그레이스가 말했다.

"우리가 도울게. 네가 지금까지 어떤 마음이었는지

알게 되신다면 너희 아빠도 분명히 이해해 주실 거야. 두고 봐."

"정말 그럴까?"

그레이스는 고개를 끄덕였다.

"나도 예전에 엄마가 날 좀 알아줬으면 하는 마음에 잘못된 결정을 한 적이 있어. 하루라도 빨리 정식 수호자가 되어 나를 증명하고 싶었지. 그래서 정말 바보 같은 일을 많이 했는데, 처음부터 엄마한테 내 마음을 솔직히 털어놓았다면 그런 고생은 안 했을 거야."

라일리가 그레이스에게 살며시 미소 지었다.

사람들이 하나둘씩 광장에 모여 신기한 듯 하늘을 올려다보았다.

그레이스는 주위를 둘러보았다.

"이런 말 하긴 싫지만, 톰, 왓슨, 오크웰 임무는 아직 끝나지 않았어. 벨 시장님이 이곳 보일러들이 고장 났다고 하셨잖아? 보일러는 저절로 수리되지 않아. 평소대로 겨울이 오면 사람들은 보일러를 써야 하고."

톰이 말했다.

"붕붕 우편망도 우리가 수리하는 게 좋겠어."

"나도 도울게. 최소한 그 정도는 해야지."

라일리가 거들자 왓슨이 덧붙였다.

"이번 사건은 코퍼포트에 돌아가서 제출할 보고서 분량이 꽤 많겠는걸."

눈동자를 굴리며 그레이스가 말했다.

"으, 보고서 쓰는 건 너무 지겨워!"

톰이 말했다.

"그리고 벨 시장님을 찾아서 어떻게 된 일인지 말씀드려야 할 것 같아."

라일리가 걱정스러운 표정으로 소리쳤다.

"아아! 시장님도 내가 최악이라고 생각하시겠지!"

그레이스가 라일리를 달랬다.

"우리가 설명하는 걸 도와줄게."

셋은 자리에서 일어나 옷매무새를 최대한 단정하게 정리했다.

왓슨이 그레이스에게 물었다.

"지금 엄마한테 상황을 전하는 게 어때?"

그레이스는 고개를 끄덕이고 디지컴을 꺼냈다. 그렇지만 버튼을 누르기도 전에 어디선가 파란빛이 번쩍이더니 엄마와 브렌이 호출 박스 옆에 나타났다.

엄마가 달려왔다.

"모두 괜찮니?"

그레이스가 고개를 끄덕였다.

"일이 좀 있었지만 그래도 날씨 제조기에서 배터리를 빼는 데 성공했고, 이제 다 정상으로 돌아왔어요."

엄마가 말했다.

"잘했구나. 해낼 줄 알았어."

그레이스가 물었다.

"그럼 게이트는 고치신 거예요?"

엄마가 고개를 끄덕였다.

"브렌이 도와준 덕분에 바로 다시 네트워크에 연결할
수 있었어."

누군가 외쳤다.

"라일리? 어떻게 된 거니?"

라일리의 아빠가 광장 저쪽에서 성큼성큼 다가오고
있었다.

그레이스가 물었다.

"내가 말씀드릴까?"

라일리가 숨을 깊이 들이마셨다.

"네 말이 맞아. 내 마음을 아빠한테 더 일찍 털어놨어
야 했어. 지금은 모든 걸 인정하고 책임질 시간이야."

아빠를 만나러 가는 라일리를 뒤로하고 그레이스와
톰은 엄마와 브렌에게 게이트가 닫힌 뒤의 일을 마저
설명했다.

곧 벨 시장이 광장에 도착했다.

"해가 다시 나는구나! 보아하니 너희가 해결한 것 같은데!"

라일리는 아직 아빠와 이야기 중이었다. 고개를 끄덕이며 이야기를 듣던 라일리의 아빠가 딸을 꼭 안아 주었다. 아무래도 시장님에게 설명하는 일은 그레이스가 맡는 게 좋을 듯했다.

톰과 브렌이 날씨 제조기의 공간 이동을 준비하는 동안 그레이스는 엄마와 함께 벨 시장에게 자초지종을 설명했다.

그레이스가 설명을 마치자 벨 시장이 이맛살을 찌푸리며 머리를 쓸어 넘겼다.

"라일리가 어떤 마음이었는지도 알겠고 우리 오크웰에 좋은 일을 하려고 했다는 것도 알겠지만, 나로서는 잘못을 눈감아 줄 수 없어. 라일리 때문에 보통 문제가 생긴 게 아니니까."

그레이스의 엄마는 무언가를 곰곰이 생각하는 표정이

었다.

엄마가 입을 열었다.

"벨 시장님, 어린 라일리는 분명 발명에 재능이 있어요. 저희가 라일리를 코퍼포트로 데려가서 그 재능을 길러 주면 어떨까요? 처벌 없이 넘어간다기보다는 재능을 꽃피우게 한다고 볼 수 있겠죠. 잘만 뒷받침되면, 라일리의 기술이 오크웰에 얼마나 유익할지 고려해 보세요."

벨 시장은 잠시 생각에 잠겼다.

"네, 좋은 생각이에요. 나는 오크웰을 정상 궤도로 돌려놓아야 하니, 라일리와 새뮤얼 씨에게 이야기하는 것은 여러분께 맡길게요. 우여곡절 끝에 드디어 여름 장터가 열릴 것 같군요! 수호자들, 고마워요!"

그날 오후는 모두 오크웰 복구 작업에 몰두했다. 그레이스와 톰, 라일리는 먼저 보일러를 열 대 수리했고, 노을이 질 무렵에는 붕붕 우편망까지 정상으로 돌려놓았다. 작은 기계 올빼미들이 다시 발톱에 편지를 쥐고 건물과 건물 사이를 누볐다.

상점들이 늦은 영업을 재개하면서 거리는 사람들로 북적였다. 사람들은 이웃과 수다를 떨며 구름다리를 건넜다. 그간의 일을 이야기하는 왁자지껄 수다 소리로 거리에는 활기가 넘쳤다.

한 사람이 말했다.

"날씨가 그렇게 괴상할 수가 있나!"

또 다른 사람이 말을 받았다.

"도통 알 수 없는 일이야."

그레이스에게 또 한 사람의 말이 들렸다.

"다들 더 착하게 살아야 한다는 징조야. 참나무 숲이

우리한테 노했던 거라고."

늦여름의 해가 서서히 저물고, 그레이스는 하품하며 톰, 왓슨과 함께 케틀 거리를 걸었다. 라일리를 집까지 바래다주는 길이었다.

그레이스 일행이 라일리의 집에 도착했을 때 라일리의 아빠는 가게 문을 닫고 있었다. 그레이스는 내심 스노글로브를 살 수 있기를 기대하던 참이었지만 오크웰에는 언제라도 다시 올 수 있을 터였다.

그레이스 일행을 본 라일리의 아빠가 활짝 웃었다.

"오후에 눈이 그친 덕분에 스노글로브가 날개 돋친 듯 팔렸어. 붕붕 우편망으로 사방에서 주문서가 밀려들고 있고! 다들 괴상한 날씨를 잊지 않을 기념품이 필요하겠지! 그래서 말인데, 이번 주는 가게 문을 일찍 닫고 너하고 좀 같이 있으려고 한다, 라일리."

라일리가 환히 웃었다.

라일리의 아빠가 말했다.

"그리고 너희 둘, 글로브를 하나 골라 보지 않을래? 우리 오크웰을 도와준 게 고마워서 내 나름대로 인사를 하고 싶어. 거절하면 안 된다."

그레이스는 스노글로브들을 둘러보았다. 그러고는 톰을 보았다. 유리구슬 안에 우물이 있는 작고 소박한 스노글로브가 눈에 띄었다.

"톰, 우리 이걸로 하면 어떨까?"

라일리의 아빠가 말했다.

"이쪽에 이렇게 큰 것들도 많은데? 아무거나 골라도 된단다."

그레이스가 대답했다.

"고맙습니다. 그런데 이게 예뻐요. 그리고 계산은 할 거예요. 아저씨도 거절하시면 안 돼요."

그레이스는 주머니에서 돈을 꺼냈다.

라일리의 아빠가 말했다.

"너희 수호자들이 대단하다고 들었는데, 과연 사실이

구나."

라일리의 아빠는 스노글로브를 정성스럽게 포장한 다음 그레이스에게 건넸다.

"자, 이제 저녁 시간이니 나는 위층으로 올라가야겠다. 라일리, 네가 고안한 그 대단한 안개 폭탄의 원리를 들려주는 게 어때?"

모두 작별 인사를 했다. 그레이스는 라일리에게 며칠 뒤에 다시 만나자고 약속한 다음 톰, 왓슨과 함께 다시 게이트로 향했다.

"끝이 좋으면 다 좋아."

왓슨이 찡긋 윙크했다.

그레이스가 왓슨의 날개 아래를 간질이며 말했다.

"왓슨, 너 지금 농담한 거야?"

"맞아. 그렇지만 너무 자주는 못 해 줘."

밝은 파란색 불빛이 번쩍하며, 그레이스와 톰, 왓슨은 코퍼포트로 다시 공간 이동 했다.

11

끝이 좋으면 다 좋아

그 뒤로 몇 주가 흘렀다. 이제 라일리의 아빠는 날씨 글로브를 개발할 때 딸의 의견을 물었으며, 어떻게든 가게 문을 일찍 닫고 딸과 함께 즐거운 시간을 보냈다. 라일리는 일주일에 두 번 오크웰 게이트를 통해 코퍼포트로 공간 이동 해서 그레이스 엄마의 조언을 참고해 그레이스, 톰과 함께 여러 가지 발명품을 만들었다.

그레이스와 톰, 라일리는 날씨 제조기를 안전하게 변형하기로 했다. 성능이 너무 강력하니, 출력 강도를 낮

추기 위해 머리를 모았다. 세 사람은 모두가 안전하게 즐길 수 있는 뭔가를 창조하고 싶었다. 무지개 발사기나 안개 폭탄보다는 조금 더 규모가 크고 재미있는 거였으면 했다.

9월 말, 세 사람은 새로운 발명품을 완성했고, 그레이스가 허가를 받아 코퍼포트 공원에서 발명품 공개 행사를 열기로 했다. 그리하여 지금 톰과 라일리가 먼저 공원에 가 있었고, 그레이스는 엄마, 브렌과 함께 공원으로 뒤따랐다. 왓슨은 그레이스의 어깨에 앉아 있었다.

그레이스가 말했다.

"오빠한테 깜짝 선물이 있어."

그레이스는 공원 나무 사이로 앞장서 걸었다. 숲에는 어느새 단풍이 지고 있었다.

"전에 이상 고온 현상이 나타났을 때 오빠가 한 말에서 힌트를 얻은 선물이야."

브렌이 입을 떡 벌리며 멈춰 섰다.

"혹시 아이스링크야?"

누가 봐도 깜짝 놀란 얼굴이었다.

"하지만 지금은 가을인데?"

"임시 링크지만 안전은 보장할게. 몇 달 내내 아이스링크 제조기에 매달렸다고. 톰하고 라일리, 엄마까지 다 함께. 몇 번이나 점검했고 승인도 받았어. 필요한 서류도 다 작성했고."

브렌이 말했다.

"나한테는 아무 말도 없었잖아! 그래서 라일리가 올 때마다 나한테 게이트 호출을 맡긴 거였구나. 그런데 발명품 일지에 아이스링크 제조기는 없던데."

그레이스가 환히 웃었다.

"깜짝 놀라게 해 주려고. 요즘 호출이 오면 대부분 톰과 나가지만, 그래도 오빠가 뒷전으로 밀려났다고 생각하는 건 싫었어."

왓슨이 깍깍거렸다.

"발명품 일지 말인데, 난 그레이스한테 결과가 나올 때마다 계속 추가하라고 말했어. 그건 그냥 자기가 게을러서—"

그레이스가 왓슨의 부리를 쥐었다.

"까마귀도 글 쓰는 법을 배워야 할 것 같아. 그러면 나 대신 네가 다 써 줄 텐데. 톰한테 너에게 글쓰기 설명서를 설치할 수는 없는지 물어볼게."

그레이스는 찡긋 윙크했다.

왓슨이 꿈틀거렸다.

"얄밉다니까."

엄마가 미소 지었다.

"일지는 나중에 쓰면 돼. 오늘은 일단 신나게 놀자!"

그레이스는 미리 스케이트를 넉넉하게 장만하고 모어랜드 각지의 사람들에게도 와서 함께 놀자고 초대장을 보냈다. 다들 곧장 얼음판으로 들어갔지만 그레이스는 엄마를 기다렸다.

그레이스가 말했다.

"라일리하고 같이 발명하니까 정말 재밌어요."

엄마가 고개를 끄덕였다.

"라일리는 착하고 재능도 뛰어나지."

"그래서 우리 더 늘리면 안 되나요?"

"늘리다니?"

그레이스는 자기 생각을 솔직히 드러냈다.

"그리핀 수호자를 도와주는 봉사대원들이 있으면 좋겠어요. 우리와 같이 일할 사람들, 수호자 임무에 나갈 때나 발명할 때 도와 달라고 부탁할 사람들이요."

엄마는 잠시 생각에 잠겼다.

"그리핀 지도는 중요한 과학 기술이야. 그래서 그리핀 증조할머니께선 지도를 지키길 바라셨어. 그리핀 지도는 우리가 물려받은 유산이자 지켜야 하는 의무야."

그레이스가 대답했다.

"알아요, 엄마. 저도 그게 좋아요. 좋은데…… 시대가 달라졌어요. 기술은 계속해서 발전하고요. 더구나 오크웰 날씨 사건만 봐도 우리가 다른 사람들과 힘을 합칠 때 더 강해진다는 건 분명하잖아요. 톰이 합류하면서 수호자 일이 얼마나 수월해졌는지도 보세요."

엄마는 생각에 잠긴 표정으로 고개를 끄덕였다.

"그리핀 지도에서 중요한 건 무엇보다 우리 일이 다음 세대로 이어지는 거지. 다음 세대란 브렌과 너, 그리고 지금은 톰까지 말하는 것이겠고. 엄마는 네 결정이 맞다고 믿어. 엄마한테 허락받을 필요 없어."

엄마가 미소 지었다.

그레이스가 물었다.

"정말이세요?"

"정말이지."

그레이스가 말했다.

"그럼 전 그리핀 봉사 수호대를 운영하고 싶어요. 모어랜드 전역에 있는 믿음직한 친구들로 네트워크를 만들어서, 우리에게 도움이 필요하거나 새로운 기술이 필요할 때 연락할 거예요. 1호는 라일리로 할래요."

엄마가 말했다.

"그리핀 가족이 또 한 번 늘어나겠네!"

"맞아요! 봉사 수호대가 그리핀 대가족을 이룰 거예
요."

엄마가 그레이스에게 다가섰다.

"이것 좀 봐. 우리가 지금까지 사귄 친구들이 이렇게

많아.”

그레이스는 아이스링크를 한 바퀴 빙 둘러보았다. 브렌과 톰이 얼음판 위에서 넘어지며 웃고 있었다. 넬리 그레이 할머니는 멀리 산골 마을에서 자신의 멋진 발명품인 태엽 장치 오두막에 마을 사람들을 태우고 왔다. 라일리와 라일리의 아빠도 있고, 코퍼포트의 친구들도 있었으며, 로봇 퍼핀들까지 합류해서 왓슨을 쫓아 얼음 위를 달리고 있었다.

엄마가 그레이스에게 말했다.

“참, 깜빡할 뻔했네. 깜짝 선물이 있는데.”

엄마는 주머니에서 편지 한 통을 꺼냈다.

그레이스가 편지를 읽었다.

“우리가 ‘모어랜드 신비한 공학 발명상’ 대회에서 우승했어요? 우린 출품도 안 했잖아요!”

“비밀은 너만 잘 숨기는 게 아니거든. 엄마가 너 대신 출품했어.”

엄마가 찡긋 윙크하며 말했다.

"이제 가서 모두에게 알려 주렴."

그레이스는 가슴이 따뜻해지는 걸 느꼈다. 그레이스에게는 이제 멋지고, 창의력까지 뛰어난 대가족이 생겼다. 그럼, 그렇고말고.

THE GRIFFIN GATE

그리핀 게이트

영국 **블루 피터 북 어워드** 수상작가 **바시티 하디**의
판타지를 사랑하는 어린이 독자를 위한 선물 같은 이야기

❶ 비밀의 숲

❷ 잠복근무

그리핀 수호자
그레이스가 해결하는
미스터리한 사건과 모험들!

1-4권 완간

❸ 까마귀 수수께끼   ❹ 기묘한 날씨

그리핀게이트
④ 기묘한 날씨

초판 1쇄 인쇄 2024년 11월 18일
초판 1쇄 발행 2024년 11월 29일

글 바시티 하디 **그림** 내털리 스밀리 **옮김** 김선영

펴낸이 김선식
펴낸곳 다산북스

부사장 김은영
어린이사업부총괄이사 이유남
책임편집 박민아 **디자인** 이정아 **교정교열** 이보람 **책임마케터** 김희연
어린이콘텐츠사업2팀장 이지양 **어린이콘텐츠사업2팀** 이정아 윤보황 류지민 박민아
마케팅본부장 권장규 **마케팅3팀** 최민용 안호성 박상준 김희연
편집관리팀 조세현 백설희 김호주 **저작권팀** 성민경 이슬 윤제희 **제휴홍보팀** 류승은 이예주
재무관리팀 하미선 김재경 임혜정 이슬기 김주영 오지수
인사총무팀 강미숙 이정환 김혜진 황종원
제작관리팀 이소현 김소영 김진경 최완규 이지우 박예찬
물류관리팀 김형기 김선민 주정훈 김선진 한유현 전태연 양문현 이민운

출판등록 2005년 12월 23일 제313-2005-00277호
주소 경기도 파주시 회동길 490 **전화** 02-704-1724 **팩스** 02-703-2219
다산어린이 카페 cafe.naver.com/dasankids **다산어린이 블로그** blog.naver.com/stdasan
용지 한솔PNS **인쇄 및 제본** 한영문화사 **코팅 및 후가공** 평창피엔지

ISBN 979-11-306-5970-1 74840